가는 것은 낮은 자세로

노두식 시집

문학세계사

마음이다

백지 같은 광야에
빛 한 점 보태기에도 아직 멀다

고개를 더 숙이고 걷는다
길게 따라오는 그림자가 보인다

2021. 봄
노 두 식

□ 차례

1

2

3

4

1

어르고 달래며

바위처럼 살려 해도 모래만큼 굳어 본 적 없고
버들처럼 춤추고 싶었으나 풀잎의 노래조차 불러 보지 못했
으므로
후회하는가

나는 사향쥐가 강에서 어떻게 꼬리를 사용하는지
하마가 왜 분홍색 땀을 흘리는지
뱀과 개구리는 체온으로 무엇을 도모하는지 알고 있다
그리고 그런 본능들이 하나도 이상할 게 없다는 사실도

누구에게나 진정한 축복은 자기답게 사는 것

때 없이 스스로를 어르고 달래며 하는 맹세가 있다
인식의 배설기관이 소임을 다하도록
주어진 시간의 그물로 사람의 일을 고이 건져 내는 것
마음의 수염으로는 오늘을 가늠하여 초록 잎의 그늘을 거두고
촉촉한 부드러움으로 서정의 근사치를 측정하여
두 발이 자국을 내지 않을 만큼의 무게로

똑바로 길을 걸어 나아가는 것
회억이 산들바람으로 부는 풍경 사이에서
다람쥐가 바삐 지나간 흔적을 쫓지 않는 것
계절 따라 이끼의 색깔이 변하듯 오지랖을 여미며 사는 것
다가가는 미지의 먼 곳을 일부러 헤아리지 않는 것

그리하여 온몸의 구석에 닿은 것들을 그러모아
맑고 서늘한 얼굴을 남기는 것

달팽이는 뛰지 않는다

신호등을 눈앞에 매달고
달팽이가 걸어간다

가다가 고개를 돌려
초록 잎새 위
발자취를 잠시 더듬어 본다

그러고 나서 묵묵히
가던 길을 간다
다시 황색 등을 켜고서

공평한 것은 없다

양지쪽의 개나리가
먼저 피었다

겨우내 기다림을 견디던 꽃봉오리는 안다
모두에게 공평한 희망이고 싶은 게
어디 봄볕뿐이랴

곧 여름이 온다
어딘가의 음지에도
부여된 순종의 차례는
원망에 앞서 떡잎으로 정리될 것이다

불평은 언제나
기다리지 못하는 자를 기린다

하루를 지켰다

분주함 속에 고요가 있었고
고요 속에 소리가 있었다
가슴지느러미의 부지런이 균형을 만들었다

곤충과 푸새들은 종일
도시의 길을 바꾸어 놓았다
길짐승들이 구석구석을 치대고 다니어
숲은 조금 더 숙성되었다

부산한 하루를 뒤로하고 지느러미는
시간을 가르며
못다 한 꿈을 향하여 나아갈 것이다

늦은 소리가 숲으로부터 들려와도
귀 기울이면 정적이다
이 고요 속에
더 깊은 어둠이 온다

물고기처럼

눈을 감는다, 하루를 지켰다

비밀에 대하여

비밀이 되려는 것이 있고
이미 비밀이 된 것이 있어서
비밀과 비밀 아닌 것의 합체로는
하나의 신비를 대신할 만한 것이 없다

마음의 비밀은 그 자체로
비밀스러운 존재의 부분을 이루어
외돌아 전체를 신비로써 가린다

상상하기

물에 잠긴 종루 같은
해파리를 머리에 인 어느 월요일 아침의 신부
비늘이 덮인 물고기의 얼굴처럼 부풀어 오른
방금 엉뚱하게도 모욕을 당하고 돌아선 늙은 우체부
상상해 보라
아레스와 헤르메스의 그림자를 꿰매어 만든 망토로
하얀 대리석 입술 사이에서 흘러나오는
다프네의 탄식을 가리고 서 있는 쇠잔한 천사를

나는 악마의 모습도 떠올려 본다
디오네의 딸을 닮은 어여쁜 마귀
그의 마술과도 같이 부드러운
피할 수 없는 회유와 격려를

그리고 그때그때
상상이 얼마나 자기중심적인지 생각해 본다
게다가 상상은 누구에게나 파란 불이란 것을

진실에 대하여

가까운 이가 내게 말했다
이건 진실이야라고
나는 그런 말을 들을 때마다 돌아서서 속으로 웃었다

우리는 진실에 대해 알고 있는 것인가
나 같은 사람은 죽음조차 진실이라고 믿지 않는데
왜냐하면 다른 이의 주검을 본 적은 있어도
스스로 죽어 본 적이 없기에

진실에는 범주적 오류가 없는 것일까
진실은 변하지 않는가
진실은 어떻게 결정되는 것인가
말하는 이는 자신의 진실에 진실로 확신이 있는 걸까

진실은 때로는 강요가 되고 애원이 된다
진실이란 말 속에는 이기심이 가득하다
아무리 따져봐도
진실의 정체는 지구의 가면처럼 모호하다

오늘 나는 진실하게 모든 이들을 상대했다고 믿었다
그러고는 크게 안도의 한숨을 쉬고
꿈속으로 착한 영혼을 들이밀었다
어쩌면 진실을 말하는 다른 이들보다 더
형언키 어려운 자가당착에 빠져서

그러니 이제 난들 어쩌랴
세상이 진실로
흔하디흔한 진실 속에 가려져 있으니

장미

오래전 이름의 흔적들이
두툼한 꽃잎 속에 잠겨 있다

눈앞에 현란한 이 꽃은
왜곡될수록 겹으로 피는 사랑의 모순을 닮았다
적어도 그가 겪어 온 과정에 대하여 아는
누군가에게는 그렇게 보일 것이다

어떤 불만은 — 불만의 특이한 보편성을 말하는 것이지만
전보다 더 크고 날카로운 가시가 되어
진부한 사랑의 또 다른 위협에 대비한다
비록 그 가시가 아무것도 찌를 수 없다 해도

연금술사의 뜻대로 향기와 색깔을 배태해 온 장미에게
비옥한 공간과 울타리가 제공되고
은전에 순치되어 하시라도 그는
최대용량의 용광로에 자신을 아낌없이 던져 넣는다
그것이 마치 사랑의 공식인 양

전통의 정형을 깨고
같은 듯 다른 시간처럼 탄생한 낯선 그 어떤 사랑도
이쯤 되면 고전적 허울을 벗은 꽃의 이름을 새로 받을 만하다
이름이야 한두 번 불리고 곧바로 잊힌다 해도
그의 존재는 여전히 확실하니까

중심잡기

은밀한 것들이 눈을 통해 내게로 와
몸에 투영된다
싱거운 입술은 그것을 말하기 위해 경련한다

유리잔 같은 두개골 속에
포도주처럼 담겨 있는 나의 중심이 낮게 찰랑대고
몸의 어두운 곳을 차지한 것들이 풍우 속에 번개 칠 때
나는 반사적으로 움츠린다
숫제 바람이 길일 때면
틈을 가리고 가려도 비밀은 거처를 옮겨 가며 노출된다

의심의 잎새들 습설에 젖어 무거운 그늘 드리우고
눈으로 왔던 것이 먼 곳으로부터 다시 귀로 돌아오면
치부를 가려 놓았던 천 조각도 더는 쓸데가 없는 위선이 된다

나는 장고 끝에 긴장하여 서두른다
하고 싶지 않은 말을 미리 지어내
오래 고정되어 있던 침묵 속 깊이

푸르고 농밀한 잔디를 입혀 심어 놓는다
누구의 입에도 들키지 않도록

마음에게

스미지 않은 곳까지 스미게 하세요
그것이 자유로운 영혼이 할 일이지요
오래 메말라 있던 대지는 형벌이었습니다
젖은 곳의 충만일랑
처음부터 그랬던 것처럼 외면하고
깊은 곳, 그곳의 인내를 어루만지세요
아직도 가시지 않은 탄원의 불씨가 완전히 사그라지기 전에
지쳐서 무슨 슬픈 일이라도 저지르기 전에
또 다른 생의 이면을 깨닫게 하세요
젖게 하세요
시작이 물로써 이루어지도록
한 번도 체험하지 못했던 물의 화해를
어두운 시간이 순리의 본보기로 삼을 수 있도록

인연

당신의 살 속에서 뼈가 되어
일곱 색깔로 혼연하던
무지개의 날들이 생각나요

당신의 일도 아니고
나의 일도 아닌
이제금 멀리 하늘을 바라보니
뼈와 살은 흔적일 뿐이네요

우리는 서로의 방향을 걷고 있어요
지난날들은 유리방을 빠져나와
그리움이 되어 버렸어요

그리고 다시 물이 되어 살아가는
우리입니다

근시안

늪 속을 헤매는 호랑이를 보았다
얼룩무늬가 없는 가죽을 두르고
호랑이처럼 포효하던 사람이
내 마음의 늪에 빠져 우는 걸, 웃는 걸
판박이 같은 얼굴 위를 스치는 온갖 색깔의 띠를

오랫동안 눈이 마음을 앞서는 버릇은 늙지 않았다
해부할 수 없는 시간을 살며
초점을 멀리 고정시킬
은밀하지만 확고한 품수를 찾으니 헛되다

갈증의 지빠귀가 날개로 공기에 주름을 일으키면
보이지 않아도 그쪽을 본다, 망막의 면적이 바둑판처럼 늘
어나고
인용하거나 복사할 것들은 네모 속에 갇힌다, 어둠의 포옹
그 속에 사는 또 죽어 가는
먼 것들이라면 왠지 믿어야 할 것 같다

발 없는 흉상, 왜곡된 손가락들이 만지지 못한 진실은
소리로 드러날 것이다
신뢰의 까마득한 계곡을 수평으로 이해하기 위해
고이지 않은 곳을 골라
간특한 두 눈을 빠뜨린다
어딘가에서 소생한 어린 눈이 다시 자리를 잡을 것이다

당분간은

익숙한 곳의 깊이, 흙과 공기
거기 꽂혀 있는 부러진 가지들은 두고
푸른 숲의 정령이 있다면 그 입김만이라도
그리고 한때 빛났던 낡은 화관일랑
시간의 밑바닥, 보석의 무진장 곁에 놓아두고

도망간 것들 도망쳐 오는 것들에 휘둘리던 슬픔
햇살과 샘물과
수액이 마른 형해 그 희고 가는 멜로디
거미줄의 영혼 속에 끈끈히 서려 둔 채

어설픈 비밀들
보리밭처럼 검푸르게 물결치던 꿈
새떼가 되어 하늘을 덮던 울분은 더는 기준이 아니니
그리고 보면
조수가 넘나드는 개펄로 누워서 저 혼자 해작이고 어기대다가
하느님의 구름에 슬그머니 눈길을 주다가
제 처지에 놀라 부풀고 부풀어 어둠의 색색 풍선으로 떠오르는

나다워지기라니
나다워지기 위해서 모방하던 질긴 힘줄은 해진 것들을 기워
벌겋게 하나 둘 나문재 곁으로 돌아가는데
세우면 기준이 되고
눕히면 반성이 되던 것
생각해 보면 아직은 해체될 몰아의 파편이 더러 남아 있음에
풍경으로 가득한 물방울처럼
기다림의 들고나는 것들 속에서 과거의 살들이 녹아내리는
자신을 보며
당분간은 이렇게 흔들리며

가을

가을 좋다

편견으로부터 오는
절창이라 해도
그것이 단풍잎 같은 종언이라 해도

색바람 물빛과 입술들, 안식의 광휘
시간의 잎들이 내리는 소리, 흔적들의 냄새

언어가 모두 소진될 때까지 흐느끼고 싶은
한 그루 가을 남자가 되어

좋다
잠드는 빛들

나의 여자
나의 사랑도
노을빛 강물이 되어 꿈길을 트고

염색을 하면서

장미 꽃잎이 발에 밟히니 유월이 가는가

얼어붙은 청년의 바다를 맨발로 걸어가며
불에 데어 몸살 하는 어깨 위에는 파랑새가 날아와 앉는다
들녘마다 이른 산국화가 피었다 지고
길은 마른 멸치처럼 등이 굽는다
이름을 버린 검은 포도송이가
아픈 입술을 벌려 전율의 즙을 따라 붓는다
전성기를 잃은 혀에 인종의 결대로 실금이 간다

시간은 우리를 앞세우고 돌아섰다
침묵의 숲 그 너머로 하얀 달

캔버스는 달빛이 무거워 기울고 갈바람이 스멀거리고
보일 듯 말 듯 날개 접은 나비의 그림자
시든 꽃의 향기를 간신히 숨 쉬고 있다

그대여, 어쩔 수 없어 이제
내 머리 위에는 서리가 내린다

표의

투명한 고삐가
이념의 정중을 꿰어 빨랫줄에 널어놓는다

하늘빛 얼룩은
풀 수 없는 사건들이다

이데아의 탈을 쓴
새떼들이 날아가며 일으키는 바람에
나의 장소는 불안하게 펄럭인다

대기는 한동안 행진할 것이나
증발하는 형상들로부터
긍정의 허점은 속속 해부될 것이다

전신을 조정하고 있는 무지로는
영혼을 빼낼 도리가 없다

제로

충만의 권태일 때

사람의 형상이
잘 썩은 낙엽일 때

지상에서는 의미 하나가
지워지고

새것은 미지의 뿌리를 딛고
어둠의 공간에서 숫을 준비를 한다

탈출

시멘트 외벽에 유령처럼 붙어 있는
녹색 묘안석으로 호흡하도록
나는 아래로부터 엄격히 제한된다

불의 율법에 순순히 적응해야 하는 감옥
꼬투리 속에 팥알처럼 갇혀 죽은 듯 살아 있는 벌레로
땅을 딛지 않아야 노래할 수 있는 산 자의 골당에서
서로가 낯설어서 뭐라도 하거나 할 수 없는
족쇄 찬 손을 거듭 씻으며
머리 위에서 발밑에서 아무렇지도 않게 쭈그리고 앉아 배설
하고
먹고 아이를 배는 상자에 끼어

개인이 무더기를 이루는 이 구조물은
시대의 희망이 되어 사람의 욕망을 만든다

끝없이 가라앉게 하는 순치의 무게
엄중한 중력이 언젠가 암울을 씻는 해일이 되면

절망을 뒤집어 하얀 뱃가죽이 하늘을 보게 할까
막연히 기다리기보다

조금이라도 더 멀리 탈출하기 위해
나는 나의 고지식한 치수를 줄여 나가는 중이다

2

호숫가에서

호수면 위로 비행운이 지나간다
길게 하얀 금이 추억을 긋는다

오늘도 간절한 말들은 깊고도 짙다
색깔이 무거울수록
기억 속에서 술렁이는 네댓 그루 곰솔 그늘
그늘도 이토록 맛이 쓸 때가 있다
내가 나에게 오는 일이 외로움만은 아니지만
너에게 가는 무늬는 어찌하여 늘 고독이어야 하나

자신에게 자신을 사용하는 일보다 더 단호한 포기
너를 무중력의 공간 속에 방목하고 돌아선 일이 옳았을까
바탕을 가린 단색
표정을 요약하면 우리 사이의 공약수는 분명 오답이었다

금이 벌어진다
어쩔 수 없이 다시 열 길의 틈이다

이제야 알아차린 것인가
뻣뻣해진 혀 위에서 언어를 굴리다가 저지른 패착이
더할 나위 없이 혼곤한 공백인 이유를
저무는 호숫가에 서니 비로소 보이는 것인가
네게 끝없이 용해되어 흔적을 잃었던
내 저항의 무모함이

쥐똥나무

키 큰 나무에서
마른 잎 하나가 떨어져
툭 어깨 위에 내린다

노동과 근면이 바스락바스락
마지막 숨을 몰아쉰다

늙은 쥐똥나무는 앙상한 손을 들어
말없이 토닥여 준다

위안이란 이런 것이다
알아주는 마음이다

은어

성에 낀 비늘에서 피어오르는 식은 연기
꼭 다문 입술에 묻어 있는 언어의 흔적
물결 같던 눈의 섬광이
꺼지고 있다

겨울과 봄
여울과 바위 틈새에서 나와
고독 속으로 떨어지는 너의 무게
출구 없는 은빛 고형의 체험
지느러미에 남은
소소한 마지막 저항들

몸살

독거 와병의 시간은
허공에 부표 같은 징검돌로 놓이더라
디디는 돌마다 세상의 밖이더라

오한이 오고
쓸쓸한 바람이 불고
다잡고 있던 꿈의 환상에서 오늘 다시
열에 들뜬 고독에 밀려
손바닥만 한 돌 위로 벗은 발을 내딛는다

그 흔하던 것 하나 따라오지 않고
귀한 것 모두 종적 없어라

바람꽃

봄에서 겨울까지
그것이 길이라면
바람의 마음은 어디에 가 닿을까

여름에서 겨울 사이를 지나는
느리고 눈부신 풍경에 겹쳐
가을에서 봄이 되도록
발자국도 없이 부지런히 걷던 너
문득 하얗게 피어 눈부시구나

그토록 염원하였으니
마침내 뿌리내려 거룩한 것이냐
이제 이 땅 위에서 너를
꽃이라 이름하겠구나

봉오리

봉오리 앉힌 풀꽃에서는 순철 냄새가 나서
입술에 묻은 통속을
흰 소매 끝동으로 훔쳐 내다가

움츠러들었던 인내가 싱그러운 갈증이 되고
암흑의 수관을 통과해 온 삿된 힘도 풀려
어느 참한 날
갈래 길이 문득 한 줄기로 뻗어 나가
풋풋하던 염원이 흔쾌히 돌아서서 합류할 때

꽃자루마다 맺히는 십 년 갈등의 꽃봉오리
비늘 세운 바람으로 온몸을 싸안고 안개 속에 밀려다니던
잠들었던 시간이 빛의 마법으로 눈을 뜨고
봄은 한없이 깊어져
향기로운 꽃잎들의 신세계가 소용돌이로 열리면
나 그냥 빼앗기듯
너의 심연으로 접수되리니

꿈속에서 꾸는 꿈같이
한 번도 내 그림자 둘이 아니었던 것처럼
극진한 환대 속에서

닿았다

비어 가는 정원 무화과나무 곁을 거닐다가
엉성한 가지 위에 별처럼 내리는 너를 본다

가빠지는 숨결마다 기억은 출렁이며
익숙한 통로로 지나간 시절에 다다르고

왠지 나는 마지못하는 마음으로
울음소리 같은 그리움을 다시 그리워한다

어디론가 멀어지며 제 그림자를 지우는 시간 뒤에서
영혼의 보표 위로 높고 낮은 음표들이 흔들리면서
너보다 더 너를 닮은 G선 위에 나를 흐느끼게 한다

나의 중심은 공명하여 네 소리에 업혀 날아오른다
우리는 화합한다
단조로 이도二度
추억의 심연에서는 다시 개화가 시작되고
아무런 방해 없이 천공은 우리의 세상이 된다

어둠이 친절하여 나는 안도한다
마치 한 가지만을 염원하는 눈과 눈꺼풀이 그러하듯이
우리는 참 오랜만에 평화에 닿았다

하찮은 위로

그는 누구에게도 말하지 않았다
그가 알고 있는 것을
누구나 다 안다는 걸 모르지 않았기에

추억한다는 것이 뒷걸음치는 침묵이라는 것
느슨한 꽃다발을 앞세운 비관적 관조라는 것을
말하지 않았다
새로움에 온 시선이 집중될 때
그것이 다른 이에게는 환영으로 비칠지라도
그가 몰입하는 가치는 그만의 신이기에
또는 만나기를 원하는 미래의 시간이 있어도
여전히 자신의 공간만은 믿어야 할 것이기에

언제나 새로운 것은 새롭다는 생각에 위로를 더할 뿐
왜냐하면 그것은 문양만 바뀐 착각의 형태이고
게다가 미련이라는 것도
가느다란 빛 속에 출몰하는 맨손이므로

이별 뒤에 남은 마음은 그러나
앞서거니 뒤서거니 하여도
기억 속에서 오래 두터운 것이니

나무늘보

초록의 거울 속
천 년 전에 나무늘보를 통과한
시공을 제하고 남은
둥글고도 느슨한 현자의 얼굴이 보인다

붓다의 사리처럼
확고한 것은 외롭지 않다

뒤로
순례자의 석상 위에 놓인 목소리의 묶음들
털 없는 얼굴에서
무성한 핏줄들이 막 동화되고 있다

알망드풍

비 내리는 밤이다
식어 가는 이마를 알망드풍으로 동이고
춤을 추고 싶어
춤을 추고 싶어

나는 너를 노래로 짓는다

음부音符를 따라
망각 속에서 옛 춤이 살아난다

나는 선회하며 흐른다
빨간 꽃이 두 박자로 벙근다

행복한 새가 되어
나는 꽃 속으로 사라진다

노래는 멈추지 않는다
어둠이 이울기까지

회복

마음을 허물면 시간을 묶을 수 있다
땀으로 모은 삶의 가닥들 어차피
길고 가늘게 하루다

허파 같은 오지 하나 머리에 얹는 저녁
대상 없는 교감의 깃털이 허공을 쓸어
새 자리를 깔아 놓는다

오랫동안 짐승의 날개만으로
충족할 것들을 찾아다니고
밤의 꽃이 되어 숙연히 외로웠다

생각의 배설물들은 형상화되어
한 장씩 어제의 벽에 붙어 지나간다
상처의 압화들이 별빛에 흐려지고 있다

기다리다 보면 암울한 촉도 위안을 닮는다
오해의 편안함

이룬 것도 이루어야 할 것도

멀찍이 주변을 둘러 울짱이 되어 있는 정적

숨

선박을 닮은 당신의 일부는
그곳에 뜨거나 가라앉아 있다
어귀도 불명한 물과 숲의 마을 익숙한 듯 낯선 곳

뭇새들이 지나며 이목구비 따 가고
바람이 비비고 쓰다듬어 닳아빠진 희망들을
당신의 기형은 참아 내라며 버티고 있다

관계를 위한 꿈
동심의 소를 싸서 누군가의 허기를 채워 주는
연륜의 껍질이 가치라고
살에서 피를 내어 헝클어진 시간을 다독여 주던 리듬
아무도 춤출 줄 몰랐던 당신의 리듬

주름 속을 떠돌던 무지렁이 사랑이
둥글게 회귀하여
마른 바위틈 연둣빛 이끼를 돋게 하는 숨
당신의 운율처럼

숨에서 태어나 숨을 쉬다가 죽는 거라고
그렇게 만사가 연결되는 거라고
아무렇지도 않은 듯
산 것들을 이끌고 항해하던 반쪽짜리 선장

당신의 뜻이 조정하는 키
인간의 마을 어디쯤에 우리를 이어 놓은
보이지 않는 숨을
생명의 노를
무엇 하러 여태껏 맨손으로 붙들고 있나

회피가 아니라

내리는 것들이
영혼에게 낮은 자리를 권하던
하루가 지났다

오늘도 반성의 늪을 지나
종착한다
기실 반성이라기보다는
반항에 가까운 참회다

떠나는 것들의 무책임
부연할 것도 없이 그 몫은
아직도 머뭇대는 희망의 차지

지구의 반대편에 자아를 보낸다
이 시각 이 땅에서
가장 무모한 의미가 되길 바라며

가을 장미

사랑이 가시라면
이별이 꽃잎이라면

나는 지금 장미의 안쪽에 기댄다

꽃잎이
넋 없이 허공을 배회하고
가시가 영혼 속에
노을 같은 아픔을 흐르게 하여도

연인을 가을답게 하는
한 시절 내 청춘의 꽃

장미는 수그림의 화해다

여름이 있었기에

그 여름이 있었기에
이 가을이 다툰다

계절은 계절답게 마르고
한 시절 무릎 꿇은 사랑이 있었다

두 그림자의 대화에서
단내가 난다

나는 싸릿대 같은 몸을 돌려
푸른 종탑의 문을 닫는다

두 번째 은종이 울리고
처음의 소리는 사라졌다

명화

내 생애의 갤러리에는
세상에서 가장 아름다운 그림 하나가
전시되어 있습니다

청년의 푸르렀던 시간이 그려 놓은
한 폭의 미니아튀르

사랑과 비애와 환희와 별리의

드로잉 수업

여명 속에 지나가는 사람
지나간 사람
물의 손가락들, 바람의 비늘들
이를테면 나는 그물을 털어내어 백지 위에 쏟아 놓는다
마침내 섬에 다다라
불붙은 나뭇잎처럼 서서히 떨어져 파닥거리는 물음들
그 여정의 흔적들을, 보석의 피부 같은 눈물들을
무릎 아래에 펼친다

햇살의 동맥들이 오랜 가슴의 전성기를 에워싼 채 뛰고
누군가 물어다 놓은 호흡을 비집으며
깊은 곳으로 들어가는 굽은 길이
파도를 높이 쌓아놓고 바람에 등을 맡긴다
물에 잠긴 뿌리들이 한동안 팔뚝을 붙든다

파란색이 보인다
허공은 꿈꾸는 사람들의 캔버스
공중을 높이 나는 새의 날개 치는 소리가 들리는가

비행운은 바늘 끝이 되어 하얗게 한곳으로 나아간다
산호의 근육, 범고래의 피부, 희미한 눈들과 냉정한 청각은
한때 신들의 상징이었다

괴리된 시간 속에서 예언을 기다릴 때
고삐를 늦추어 자유에 닿을 때
나는 숨 고르는 붓끝에 기대어 소리 없이 웃는다
하나의 여정을 끝내듯이
파충류의 뱃속을 빠져나온 얼굴의 잔주름으로
하마의 분홍빛 혀로

음양

이를테면 남자는 양, 여자는 음인 것이지
그것이 그냥 섭리이거든
참으로 간단하지

섭리는 처음이며 끝 아니던가
여성은 양, 남성은 음
서로 원호 위를 달리며
궁극으로 변하여 화하느니

변화라
화하고 변하는 원리는 전지전능인 것
탄생과 사멸이 둥글게 시소를 타는 거대한 완만
음은 양의 꼬리에 달리고 양은 음의 꼬리를 물지

태음의 밤이 가면 다시
하루치의 태양이 떠오르고
여자는 남자가 되고 남자는 여자가 되는 것이니
세상 참 알 듯도 하고

모든 모꼬지에서 떠나 있을 때

길이 방황이었을 때
모든 모꼬지에서 떠나 있을 때
딛는 걸음마다
갈래갈래 어둠이었다

규정할 수 있는 건 존재하지 않았다
어디를 향할지 누구와 걸을지를 따지는 일도
과분한 호사였다

어느 시점에 서니 방황과 방향은 하나가 되었다
한쪽은 다른 한쪽의 무릎이요 어깨였다
머리는 어디에 올려놓아도 머리일 뿐이었다

어둠이 누더기가 될 때까지 허공에 삽질을 하면서도
결코 길을 벗어난 적이 없었고
홀로였으며 홀로인 적이 없었다
간혹 뜻 모를 확신들만 어딘가에서
몇 번이고 반복되고 있는 걸 알고 있었다

3

다도해에서

섬이 다니고 있다
물 위에 둥둥 떠서
소금쟁이처럼 긴 다리로 과거를 만들며

섬은 생명의 물에 닿아 있으나
간이 밴 물속을 헤지 않는다
섬의 내심에는 천년의 온기가 있다

물은 섬의 뼛속에 상륙하기 위해
그의 체온보다 더 낮은 숙명에
조수 같은 율동을 색칠하곤 한다
그의 본심은 자나깨나 파도친다

섬이 섬을 선호하는 건 서로 닮았기 때문이다
무리는 닮은 것들의 이율배반이다
섬의 영혼은 집산하고 지혜는 가변적이다

섬은 서로의 사이에 공간이 있어

섬이 된다
섬은 구속되어 섬을 완성한다
섞을 수 없는 법칙에 따라
섬은 언제나 혼자이고 혼자서 소멸한다
그래서 섬은 섬의 곁에서
끝내 섬으로 사는 것이다

지상의 바다에서는 사람이 섬이다
그들은 쉽게 통섭의 착각에 빠진다

상시적 질문

누군가 나에게 물었다
어떻게 살아가는 것이 현명한가 하고
나는 인적이 드문 계곡을 찾아가
흐르는 맑고 차가운 물에 발을 담갔다

누군가 나에게 물었다
삶을 견디며 사는 이유에 대하여
나는 내 지식의 광맥을 헤쳐 보다가
정서진 전망대에 올라 수평선까지 붉게 달구고 있는
노을을 한참 동안 바라보았다

누군가 나에게 물었다
마음의 정체라는 것이 무엇이냐고
나는 자못 곤궁해져서 그에게 되물었다
마음이 지닌 가장 강력한 무기에 대하여
그 쓰임새에 대하여

선문답을 나누는 것은 아니었지만

그러나 보라, 알아야 할 것은
기다리며 인내하는 법

우리는 아무리 해도 서로를 충족시키지 못했다
일들은 어떻게든 되어 가고 있다
우리 모두 사소한 안료의 하나일 뿐
시간이 버무리는 대로 섞여 탄생하는 색깔
더구나 그것이 상징하는 낯선 형상을 소화할 겨를마저 없이

묻고 싶다

우리에게 강은
언제까지 강이고 강물이어야 하나
왜 그토록 그러한가
생각하다 보면

인식과 속도란 마음이 지우는 단위이며
나아가는 것과 제자리에 머무는 것
느린 것이 빠르고 빠른 것이 느린 이유가
여기서 다르지 않다는 걸 알면서도

왠지 한 번 더 묻고 싶다

지금 산허리를 가르며 떨어져 내리는 물이
언제 적 물인가
폭포는 어째서 늘 똑같이 폭포인가

지금 우리는 우리인가

매너리즘

두 개의 쇠심줄이
각각 의식의 한끝을 잡고 팽팽히 당긴다

어깻죽지가 빠질 것 같다고
마음이 엄살을 부린다

이 정도로는
한 손도 놓을 수가 없다, 중간이 상실된 곳에서
십자가를 지고

하나쯤은 이룰 것처럼
적시에 숨길이 트일 것처럼
다시 태어날 것처럼
회오리지는 바람이 오가는 사이에서

일방동행

아무도 승부에 집착하지 않는다
경기의 목적은 완주이기 때문에
주위에 경계의 눈길을 주는 일도 의미가 없다
모두에게는 각자의 코스가 배정되어 있기에
누구에게서 도움을 받거나 줄 수도 없기에
하여, 이 과정에 출몰하는 친구들의 이름표를 점검해 본다

친구라
친구는 어떤 역할을 했더라
그가 시간의 뒤에 나를 홀로 남겨 둔 적은 없었던가
나의 그것보다 더 센
망각의 힘을 가진 기사의 실루엣은 아니었나
그의 탈은 가족인가 연인인가 후원자인가
골을 향해 가면서
한정했던 몇 안 되는 그들은 지금 어느 행성에 가 있나

돌아보라
출발처럼 도착도 변경할 수 없는 일회용 게임인

일방의 이 행렬에서
함께 퇴행하고 있는 만물의 동아리만이
종점까지 충실히 곁을 지킬 것임을 이제 알겠는가
결코 소홀히 할 수 없는 아름다운 친구가
얼마나 무심히 또 아무렇지도 않게 가까이 있는지를

안개의 억센 손을 놓는다
빛의 옷깃을 뜯어 버린다
사랑했던 동물들의 흔적을 뿌리친다
나는 빈손을 저으며 뭇 동행자들처럼
든든히 부식되어 간다

먼저 시든다

화병에 꽂아 놓은
야생화 한 다발

바라볼수록
시드는 꽃잎보다 더 빨리
지는 것이 있었다

빛바랜 향기에
누가 골몰하겠는가
욕망의 황금비도
상상 속의 풍요일 뿐

호기심이란
감각하는 동안이다
저 일몰의 여운이다

친구에게

입술로 말하지 말자, 친구여
온몸으로 말하자
진실이 자비의 전부인 것처럼

어제는 오늘이 되었고
오늘의 순수는
내일의 열매를 투명하게 한다

우리 그 가운데에서
파도치자

뼈

뼈가 보인다

슬픔은 당당하게
가난하고 헐벗은 채로 존재하고
기뻐도 눈물이 나오는 건
슬픔이 기쁨을 머리에 이고 있기 때문이라더니

뼈만큼 진실한 건 어디에도 없다고
그걸 아는 슬픔은 뼛속으로 스며들어
선혈에 섞여 숨 쉰다고
어느 정점에서
소진할 것들 다 소진하여 피를 토할 때
문득 드러나는 뼈는 슬픈 색깔이 아닐 것이다

가난의 정수란 바로 기쁨인가
그래서 우리는
뼈를 지키려 헐벗고 사는가

진실은
이 한목숨보다 더 소중한 것이라더니

조탁

안경을 낀 채로
안경을 찾는다

젊은이여 우스운가
나도 우습다

나이를 잊고 살다 보니
눈도
그런 줄 알았다
안경도 몸의 일부인 줄 알았다

지팡이 짚고 서서
지팡이 찾은 적도 있었다

먼저 해야 할 일

치조 속에 금속 장치를 심듯
수정체를 버리고
실리콘 렌즈를 끼워 넣는다
보이는 것들이 다시 선명하다

언제나 선행되어야 할 일이 있다

열매에는 꽃 진 자리가 있어야 하고
길 하나를 버려야 새길을 갈 수 있는 것처럼

그러나 사랑에 대해서만큼
나는 왜 그러지 못하는가
나는 왜 고집하는가

산책

어둠에서 풀려난
강물의 흐름이 조금씩 빨라지고
교각에 걸린 표지등이 흐려지는 때

맨 흙길 위의 고요를 밟아 가면
어린 풀들은 납작한 잠에서 깨어나 웃고
질척한 발치에서는 봄 냄새가 피어난다

걸음에 여유를 부리며 비틀거리며
방패 같은 겉옷을 벗어 든다
의식 없이 지배되는 의식이 편안하다
마음의 집을 나서서 무심히 걸어도
길의 끝은 언제나 희망으로 올 것을 믿는 일

몸의 안팎을 연한 햇살에 적셔
살갗의 얕은 곳에 두루두루 하루의 새잎이 돋아나고
간지러움 속에 초록빛 긍정의 호기가 솟는
오늘은 아침이 석영 알처럼 반짝인다

밤

언덕진 밤의 숲을 에둘러
올올이 빈사의 빗소리

하얀 비둘기를 타고 선회하며
어둠의 영혼이
하프 줄을 튕긴다

젖은 떡잎 같은 부드러운 혀가
눈꺼풀을 핥기 전에
고비의 새순 같은 손가락이 목을 휘감기 전에
올빼미가 구릿빛의 낮은 목소리로
은실 같은 오솔길을 장식하기 전에
앳된 수양의 머리채를 쓰다듬는 실바람이
자장가풍의 노랫말을 흘리기 전에

나는 서둘러 하루의 기억을 씻어 버린다
가치의 주변을 깨끗이 지운다
새로운 몽환적 고뇌를 위해
나이테 없는 사랑을 위해

크로키

속살까지
여위게 하기

정비된 촉수로
말단마다
허용된 번개의 흔적을 그어

방황과 이상의
추상적인 거래가 성립될 우리

도량으로 헤아려 범위를 지워 놓고
다시 투명한 옷을 입힐 연마된 기예는
어떤 손끝에 달릴까

이유

가난이 가난에게 다가가는 건
슬픔이 슬픔에 다가가기보다 쉽다

가난에게 오는 가난은
가난을 덜어 주지만
슬픔은 슬픔을 더욱 무겁게 한다

가난이 가난을 맞이하는 것은
가난하기 때문이다
슬픔이 슬픔을 맞이하는 것은
슬픔 때문이 아니다

심지

나는 심지이다, 아니 심지이기를 바랐지
일찍이 나의 꿈은
불꽃 속에 살아 있는 눈
세상의 많은 눈이었던 나는
아직도 그 눈이 아니다

눈의 심지와 더불어 존재하리
그러길 바랐지
고목의 등걸에 앉은 구름버섯을 벗어나
가장 높게 이르는 지름길이 고통이거나 행운이 아닌
그렇지 않다고 하면
말씀으로 어찌 세상을 말하리오

나 너무나 사소하여
한 문장의 글로써나마 심지를 이루어 불을 댕길까
주위가 고개를 끄덕이면 고정되겠지
바라건대 천장지구의 그것이 아니더라도
호야등에 뮤즈의 강철 갓을 씌우고

백번을 양보하여 그것만이라도

나는 심지이다, 심지이므로
아니 그러길 바랐으므로

산

날아가는 것들도
산에 이르러 산이 된다

산의 품에 들어
잠기지 않는 것이 어디 있으랴

스스로 산이 되어
산 앞에 버티고 서는 사람들

산은 그마저도 품는다

검은 꽃

참회하는 것들이
이 나이에는 용서가 되기를

별이 찰랑거리는 호숫가에 서서
뒤를 돌아보고
처음처럼 하늘을 올려다본다

검은 꽃이
기도 속에 지고 있다

잊는 법

어느 울음 끝에서
눈물 아닌 눈물을 닦을 때
손등에 묻는 색깔을 나이는 그저 참아 내는 것이다

한끝에 접어 둘 상처
저를 벤 칼날에 배어 있던 혈흔을 키워
한소끔 끓어올랐던 슬픔이야
이미 네가 아닌 것

마음이 무엇인가
흙먼지 너머 흐려진 신작로
어른거리기만 하는 굽은 길을 지향하는 초조한 추력
한 순간순간도 와해되지 못해 꿈마다 얽히는 출구들
강을 거스르는 저항의 도구
자신을 향해 겨누는 온갖 투명한 병기들

마음을 쪼개어 보라
돌아앉아 마음을 깨뜨리면

마음을 잊을 수 있다

마음을 잊으면 마음이 산다

낙서

낡은 한강 다리 철책
난간마다 낙서가 보입니다

힘내
내일은 희망
네가 세상의 중심이야
넌 할 수 있어
여기까지 왔잖아

비에도 지워지지 않고
엄동에도 얼지 않습니다

눈이 커진 사람들이 글자를 손으로 만지기도 하고
물끄러미 바라보다가 지나가기도 합니다

그럴 때마다
글자들은 꿈틀거리며 살아나
난간 기둥을 한 번 더 따뜻이 싸맵니다
다리가 갈수록 듬직해집니다

4

가는 것은 낮은 자세로

아직 오늘은 아니라고 한다
여름 몰래
관목과 이끼 낀 바위 비스듬히 기우는 쪽으로
가을이 스며들고 있다
시든 열기가 숲속을 배회하고
후회의 띠처럼 서늘하게 스쳐 가는 아쉬운 시간이 바쁘다
말간 빛의 타래가 쇠락하는 잎끝에 머물다가
바닥으로 똑똑 방울져 떨어진다
여기 동작이 느려진 곁가지들의 춤이
가사를 잃은 노래에 얹혀 있던
계절의 마지막 온기를 긁어 내고 있다

가는 것은 항상 오는 것보다 낮은 자세다
젊음이 그러했고 사랑이 그러했다
일어선 것이 엎드린 것들을 지운다

배경을 흐리며 어제의 여름이 슬쩍 다가와 머물다가
해 짧은 오후의 그림자처럼 자취를 감춘다

.

초록은 그리운 것들 속에 깃들어 한동안은
오히려 짙어질 것이다

그래도 아직
오늘은 아니라고 오늘만큼은 아닐 거라고
여윈 들풀이
뒤를 돌아보고 또 돌아다본다

오늘 내게 온 아침

언제 적 구름의 얼굴, 바람의 얼굴
얼굴들이 피어오르고
떠내려오고

나를 들여다보는 얼굴에서
눈을 찾을 수 없다

얼굴이 나의 의중을 향하는 동안
그의 초점을 가늠하기 위해
잠시 고민한다

구름의 얼굴이 흩어지고
강물의 얼굴이 흘러간다
나는 바쁘고 나도 모르게
자꾸 어딘가에 노출되는 아침

하루의 시작이
허허망망 얼굴들에 치인다

바람

한 남자와 여자
한 남자와 살진 사막여우
한 남자와 그을린 관솔 끝의 얼음꽃, 한 남자와

한 여자와 남자
한 여자와 타다 만 장작
한 여자와 깡마른 잿빛 눈동자의 담비, 한 여자와

어느 바람 부는 봄날
그들은 각기 궁전을 나와
자취도 없이 사라져 버렸지요

쇠비름

꽃도 누구에게는 눈물이던가
꽃잎 지던 그 저녁처럼
빗소리에 나는 젖는다

애면글면 손사래를 쳐도
져야 할 것들은 지고
진 자리에는 박제된 사랑만 추레하다
꽃냄새 자욱하던 시간은 무위의 대기
그믐의 무게로 눌러 나를 무릎 꿇게 하고

외진 길섶 쇠비름처럼 엎어져
이제부터는 어떤 낙화라도
두렵고 슬프기만 하겠구나

물이 되어도 흐르지 못하는 일들이
모질지 않기를 그토록 간구하였으나

꿀벌에 쏘이다

한 가지 다른 점이 있다면
그는 달콤한 꿀을 버리고
자멸할 준비가 되어 있었다는 것

삶에 중독되어 있는
나는 의아하다
이 아이러니는 어디에서 오는 것인가
일대의 목숨을 제물로 바치는
저 타산이 맞지 않는 시도를
꽃과 꿀을 사랑하는 마음에서 이해한다 해도
그는 왜 굳이 창자를 끊어
이토록 장엄하게 종말을 자초하는가

달음질치는 별

지금 이 순간에도
서로 무언가 수작을 하고 있다
그것은 수문을 여닫는 일이고
흥정하는 모함이며 부수는 노동이고 지우는 그림이다

그들은 흑백사진처럼 마주 보고 쭈그려 앉아 있다가
천장을 쏘아보다가 석벽을 두드리다가
손깍지를 낀 채로 색종이를 접고 발바닥에 풀칠을 하고
간간이 '우리 함께'라고 서로에게 수신호를 보낸다
칼이 제 몸의 요철을 깎아 낼 때 그들은 가장 뚜렷하다
입술을 벌리거나 다문 채로 행운의 부적을 상상하며
상대의 문 앞에 걸쇠처럼 걸쳐 서기도 한다

틀림없다
거기 무슨 복된 철학이 있겠는가
무엇보다
혼자 아니면 다발적으로
커다란 구멍으로 여과되듯이 무슨 짓이든

이 모습들
저마다 서로를 흉내 내며 사는 그들에게
언제부터 특별함이 있기나 했던가

태양에 속박되어 부침하는
달빛에 병들고
내면이 겨우 한 도규일 뿐인 환영
그들은 왜 여태도 달음질치는 별이 될 수 없는가
라는 질문처럼

이유가 있다

마음의 온도는 섭씨 구십구 도
언제나 끓어오를 준비가 되어 있다
갈무리된 천 가지 표정은
미리 보여 주는 법이 없다
어느 순간
이목구비에서 사지에서 오장육부에서
실로 교묘히 드러나는 그것은
이른바 내면에 기생하는
별종의 폭발물이다

이 무소외의 존재로 인해
수많은 도플갱어가 만들어진다

좇기만 하다가
마음이 마음에 휘둘리는 게
다 이유가 있다

중추절

올해도 보름달 곁으로
어김없이 낯선 별들이 몰려 왔다

새롭게 명명될 가축들의 성좌가
젖은 눈을 끔벅이며
우두커니 멈춰 서 있는 저들의 얼빠진 시간과
인간의 축제를 번갈아 가며
곰곰 내려다보고 있다

천상은 고적하기만 하고
다시 돌아가기엔 너무도 먼 저세상

감염

아름다움이
나를 바라본다
나도 모르게
내가 아름다워진다

아름다움이 되어 바라보는 것들이
아름다워진다

한 사람의 아름다운 눈이
모두의 눈이 된다

환하다

고드름

어떻게
쟤들 재우지
어떻게 쟤들 키우지

엄동
처마 끝에 매달려 울고 있는
이 시대의 아이들

그녀

부끄럼 때문이 아니고
부끄러움을 몰라서는 더더욱 아니겠지만
저들이 군침 묻은 혀로 하얀 얼굴을 핥을 때
검은 손가락으로 앙가슴 속 고갱이를 헤뜨릴 때
꿀 먹은 듯 독 먹은 듯
애벌레처럼 움츠리기만 하는 미모사
분홍 꽃 피워 스스로 위로하며
몰래 바람 부는 쪽으로 고개 돌려 눈물을 말리고는
아닌 척 다소곳이 능청을 부리는
지질한 신경초, 그녀는

숙맥인 건가요

모르는 일

영원한 것도 없고
영원하지 않은 것도 없다니

도대체 내 안의
사랑이란 무엇이란 말인가

이른 낙화를 보며

바람 분다고 꽃 지는 게 아니지
꽃도 제 마음에 겨워
스스로 떨어질 때가 있는 거지

내가 바람
네가 꽃일 때
꽃 피라고 봄이 온 것 아니고
꽃 지라고 바람 불지도 않았지

바람 따라 봄 피어나고
그 속에 꽃 한 송이 봉긋이 이쁘면
우리 다시 도타운 사랑 한 번은 볼까
그 분홍빛 마음이 일기는 할까
네가 바람 내가 꽃이라도

디아스포라

내 마음의 디아스포라

물새조차도
눈을 맞추려 하지 않는
꿈의 형상들이 사위에서 응고되고 있다

검푸른 하늘을 우러러
기우뚱거리는 낡은 목선의 갑판
그림자마저 떠난 자존심 위에 서서 흔들리며
길고도 먼 바닷길 망망한 위기로
절망을 어쩌지 못하여
심해 속 어둠보다 더 두렵고 아픈 너를
쓰다듬는 바람 할퀴는 바람

나는 멀찍이 떨어져
풍향만을 가늠하느니
이토록 시리게 바장이고 있느니

어쩔 수 없는 일

보도블록 틈새에 돋아난
어린 싸랭이 한 포기를
아이가 쪼그리고 앉아 들여다보다가
냉큼 뽑아 버린다

어떤 봄날은
그렇게 가 버렸다

재

세상을 다 비출 것같이 타오르던 그가
발밑조차 밝혀 보지 못하고
꺼져 버리고 말았다

남은 이들도 드문드문
재가 되었다

용서

그녀의 화해는
달빛 같은 차디찬 얼굴에 음각되어
소리 없이 드러났다

도도하며 지순한 해이만이
절정의 꽃을 피운다던데

그러니까 그 미망의 예지가
나의 눈을 만졌다
그랬다
그때 그것은
난생처음 보는 용서였다

그녀의 등고선 같은 시간은
약간 기울어진 각도로 이완되어 남아 있다

정신이 맑을 때 나는 그 시간의 결을 걸어 본다
서늘한 몸이 데워져 검은 돌 앞에 수그릴 즈음
그녀는 어김없이 그곳에 와 있다

누이 생각

초승달 신을 삼아 어스름을 걷는다
갈대숲에
보랏빛 강바람
우수수 한숨 지며 먼 산 돌아눕고
눈에 물안개 서려
네 모습 젖는구나
너를 찾아가는 길 보이지 않는 길
뜬 걸음만 총총

내 마음의 샛강
마른 이삭마다 맺혀 있는 이슬 같은 시간이
너의 목소리로 가사 없는 노래를 부른다

윤기 나던 단발머리
위스키 향이 풍기던 하얀 미소
하늘과 땅 사이에서, 누이야
너의 처음과 끝은 단 한 뼘이었다

아침신문을 읽다가

신문의 부음란에 눈이 간다
알 만한 이름이라도 있을까

신문지 한구석에
이름 석 자도 올리지 못하고 사라질
생애들을 떠올려 본다

낯선 이름에서 성에서
살아 있는 늙은 얼굴들이 보인다
산 사람은 살아야 하는 것

죽은 이의 이름 뒤에서
차례를 기다리는 이들이 깨어 있는
초록빛 유월의 아침

산 자를 위한 시간이다

시간의 깊이, 사유의 넓이

김 재 홍

시간의 깊이, 사유의 넓이

김 재 홍 / 시인

시에 대한 한결같은 열정으로 시와 함께 시의 길을 쉬지 않고 걸어온 노두식 시인은 올해로 등단 시력詩歷 30년을 맞게 되었다. 이미 우리 시의 제단에 바쳐진 여덟 권의 시집에 더해 그가 이번에 새로이 선보이는 시집 『가는 것은 낮은 자세로』 또한 '시간 여행자'의 유장한 여정과 성찰의 언어를 풍성하게 담고 있다는 점에서 귀한 성과가 아닐 수 없다.

노두식 시인의 아홉 번째 시집에서 '9'는 완전수가 아니라 '하나'가 모자란 숫자이다. 완전은커녕 부족한 수이자 결핍의 수이다. 십진법은 그렇게 우리를 수비학적 상상력으로 이끈다. '9'는 절정을 향해 끓어오르는 긴장과 열망의 숫자이며, 첨두아치를 향해 가파른 기울기를 견디어 내는 영원히 추락하지 않는 접선이다. 그런 점에서 시간 속에서 시간의 깊이를 재는 이번 시집은 시간의 분수령인 첨두아치를 향한 접선의 기록이라고 할 수도 있다.

인간에게 시간이란 절대적 바탕이자 존재의 근거라는 점에서 벗어날 수 없는 것이지만, 그렇기 때문에 우리는 시간의 만등萬燈에 올라타 두드리고 때리고 던지고 퉁기며 살아간다. 산 자들은 산 자들대로 삶의 방식으로, 죽은 자들은 죽은 자들대로 죽음의 방식으로. 시간을 겪는 그 양상의 무한성에 존재의 비의秘義가 있다는 듯이.

시간의 보편성에 반하여 시간 여행자의 고유성을 노두식 시인에게 허여해야 한다면, 일흔다섯 편에 이르는 이번 시집의 세목들이 낱낱이 시간의 어떤 국면들을 함축하고 있기 때문일 것이다. 그것도 "마음의 비밀은 그 자체로 / 비밀스러운 존재의 부분을 이루"(「비밀에 대하여」)듯이 고유한 시간의 국면들을 통해 보편성의 지평으로 육박해 들어가는 섬세하고 유장한 사유의 떨림이 번뜩이기 때문일 터다.

그렇다면 함께 시간을 겪는 '시간의 존재'인 우리는 그가 보여 주는 시간의 깊이를 가늠하고 사유의 넓이를 음미해 보는 것만으로도 '고유한' 시간을 체험하는 기쁨을 누릴 수 있지 않을까.

'당분간, 흔들리는'

여기 주어진 시간의 깊이를 깨달은 자의 언어가 있다. 그는 시간을 따라 흐르다 거스르다 순명하다 반역하는 시간 여행자이다. 그는 흔들린다. 참다운 시간 여행자는 언제나 흔들린다는 듯이, 수직의 진동과 수평의 떨림을 모두 포괄하는 흔들림으로서의 언어가 여기에 있다.

익숙한 곳의 깊이, 흙과 공기
거기 꽂혀 있는 부러진 가지들은 두고
푸른 숲의 정령이 있다면 그 입김만이라도
그리고 한때 빛났던 낡은 화관일랑
시간의 밑바닥, 보석의 무진장 곁에 놓아두고

도망간 것들 도망쳐 오는 것들에 휘둘리던 슬픔
햇살과 샘물과
수액이 마른 형해 그 희고 가는 멜로디
거미줄의 영혼 속에 끈끈히 서려 둔 채

어설픈 비밀들
보리밭처럼 검푸르게 물결치던 꿈

새떼가 되어 하늘을 덮던 울분은 더는 기준이 아니니
그러고 보면
조수가 넘나드는 개펄로 누워서 저 혼자 해작이고 어기대다가
하느님의 구름에 슬그머니 눈길을 주다가
제 처지에 놀라 부풀고 부풀어 어둠의 색색 풍선으로 떠오르는

나다워지기라니
나다워지기 위해서 모방하던 질긴 힘줄은 해진 것들을 기워
벌겋게 하나둘 나문재 곁으로 돌아가는데
세우면 기준이 되고
눕히면 반성이 되던 것
생각해 보면 아직은 해체될 몰아의 파편이 더러 남아 있음에
풍경으로 가득한 물방울처럼
기다림의 들고나는 것들 속에서 과거의 살들이 녹아내리는
자신을 보며
당분간은 이렇게 흔들리며

──「당분간은」 전문

  여기서 흔들림은 시간 속에서 시간을 겪는 우리의 몫을 넘어 아예 시간 자체가 된다. 시간은 흔들리는 것이다. "당분간'은 이렇게 흔들리며"의 무한한 반복, 그것은 곧 영원이다. 시간

은 영원히 흔들리는 것이다. 노두식 시인에게 시간의 물리량이 흔들림으로 은유될 때 우리는 그가 재는 시간의 깊이를 엿볼 수 있다.

가령, 시간은 "익숙한 곳의 깊이, 흙과 공기"를 거쳐 "거기 꽂혀 있는 부러진 가지들은 두고" 한도 끝도 없는 그 밑바닥 지층으로 내려가 "보석의 무진장 곁에 놓아두"는 깊이를 갖고 있다. 또한 '슬픔'이라거나 '햇살'이라거나 '샘물'과 '멜로디' 같은 것들을 '거미줄의 영혼'에 서려 두는 깊이이다. '흔들리는' 시간은 무엇인가 건져 올리려 애쓰지 않고, 오히려 영혼 '깊이' 서려 두기만 한다. 흔들림은 흔들릴 뿐이며 그것으로써 시간과 함께 우리가 되어 영원히 '당분간' 흔들린다.

이렇게 흔들리는 시간 여행자에게 지나간 '울분' 같은 것들은 더 이상 '기준'이 될 수 없다. "어설픈 비밀들 / 보리밭처럼 검푸르게 물결치던 꿈 / 새떼가 되어 하늘을 덮던 울분" 말이다. 이런 것들은 흔들리는 것이 아니다. 비밀이라든가 보리밭의 꿈이라든가 울분들은 주체와 대상이 명확히 고정된 것들이다. 이들은 붙박이들이다. "세우면 기준이 되고 / 눕히면 반성이 되던 것"들, 이런 것들은 곧 "해체될 몰아의 파편"들일 뿐이다.

시간 여행자는 '몰아'를 향해 흔들린다. 애써 건져 올리려

하지 않고, 서려 두기만 하면서, 기준을 세우지도 눕히지도 않으면서 그는 흔들린다. 그와 함께 시간도 흔들린다. 아니다. 그는 이미 시간이며, 시간은 또한 우리와 같이 흔들린다. 우리는 영원히 '당분간, 흔들리는' 존재이다.

「당분간은」이 시간의 깊이를 깨달은 자의 몰아를 향한 열망의 표현이라면, 이 작품이 포함하고 있는 도저한 긍정의 사유 역시 주목되어야 한다. 그것은 무엇보다 '흔들림'의 통념적 어의에 반기를 드는 긍정이다. 흔들리는 우리를 부정하지 않는 역전이며, 흔들림을 우리가 벗어날 수 없는 우리의 바탕이자 근거인 시간으로까지 은유한 대긍정의 사유이다. 이제 우리는 모든 흔들리는 것들을 긍정할 수 있게 되었다.

이와 같은 긍정은 시간을 제약으로 인식해 온 오랜 통념적 사유에 반기를 드는 긍정이다. 탄생이 곧 죽음이며, 창조가 곧 파멸인 절대적 유한성에 맞서는 긍정이다. 시간 여행자가 깨달은 '당분간'의 영원성은 죽음이 곧 구원이며, 파멸이 곧 영원회귀로 연결되고 있다. 「당분간은」이 보여 주는 긍정의 넓이는 이처럼 시간과 함께 무한하다.

'그늘의 맛'

　시간 여행자는 '그늘의 맛'을 느낄 수 있는 사람이다. 그것은 그가 어떤 하찮은 일이라도 "촉수에 닿으면 하늘이 무너지고 땅이 꺼지는 아픔"(최영철, 『시로부터』)으로 인식할 수 있는 사람이기 때문이다. 그에게 "호수면 위로" 지나가는 비행운도 '추억의 금'을 긋는 것으로 보인다. 또 "기억 속에서 술렁이는" 곰솔 몇 그루의 그늘도 '쓴맛'이다. 그에게는 깊은 고독의 무늬가 있다.

　호수면 위로 비행운이 지나간다
　길게 하얀 금이 추억을 긋는다

　오늘도 간절한 말들은 깊고도 짙다
　색깔이 무거울수록
　기억 속에서 술렁이는 네댓 그루 곰솔 그늘
　그늘도 이토록 맛이 쓸 때가 있다
　내가 나에게 오는 일이 외로움만은 아니지만
　너에게 가는 무늬는 어찌하여 늘 고독이어야 하나

　자신에게 자신을 사용하는 일보다 더 단호한 포기

너를 무중력의 공간 속에 방목하고 돌아선 일이 옳았을까
바탕을 가린 단색
표정을 요약하면 우리 사이의 공약수는 분명 오답이었다

금이 벌어진다
어쩔 수 없이 다시 열 길의 틈이다

이제야 알아차린 것인가
뻣뻣해진 혀 위에서 언어를 굴리다가 저지른 패착이
더할 나위 없이 혼곤한 공백인 이유를
저무는 호숫가에 서니 비로소 보이는 것인가
네게 끝없이 용해되어 흔적을 잃었던
내 저항의 무모함이

—「호숫가에서」 전문

그러고 보면 '비행운'이 긋고 지나간 금은 '틈'이었다. 나와 너 사이의 틈, "다시 열 길의" 아득한 틈이다. 때문에 시간 여행자의 기억 속에서 술렁이는 '네댓 그루 곰솔'의 그늘은 '쓴맛'이었던 것이다.

무엇이 이들의 틈을 열 길이나 되게 만들었던가. 무엇이 "너에게 가는 무늬"를 언제나 고독으로 만들었던가. 그것은 둘

의 공약수가 오답이었기 때문이다. ("우리 사이의 공약수는 분명 오답이었다") 공통의 수가 잘못된 답이었을 때 이들은 합일에 이를 수 없는 불일치를 경험하게 되었다.

'자신을 사용하는' 자의 '단호한 포기'보다 더 단호한 '무중력의 방목'을 선택하고 돌아선 자에게 '너'는 '바탕을 가린' 단색으로 드러난다. 호수면 위에 비친 비행운이 일깨워 준 바와 같이 섬뜩한 비극의 장면이 연상되는 표현으로 노두식 시인은 '열길 틈'의 절망을 상징화한다. 여기서 시간은 한없이 넓은 공간적 이미지로 화한다. 합일되지 않는 틈은 무한히 넓은 공간이기도 하다.

'자기 집착'이 광기의 근원이듯 꿈은 "세계와 세계의 숨겨진 형식들이 아니라 오히려 인간과 인간의 연약함"(미셸 푸코, 『광기의 역사』)의 표현으로 우리와 연결된다. 그러므로 우리는 늘 꿈꾸는 존재일 수밖에 없지만, 꿈은 언제나 우리를 배반한다. 그러나 바로 그 배반 때문에 우리는 다시 꿈꾸는 존재일 수밖에 없다. 가령 그것은 '공백의 이유'를 "뻣뻣해진 혀 위에서 언어를 굴리다가 저지른 패착"임을 깨달을 때 알아차릴 수 있었던 것과 같다. 어쩌면 배반도 패착도 모두 꿈의 에너지원일지 모른다.

그러므로 시간 여행자가 "저무는 호숫가에 서니 비로소 보

이는 것인가"라며 탄식할 때 합일에의 꿈은 되돌아온다. "위안
이란 이런 것이다"(「쥐똥나무」). 바로 "네게 끝없이 용해되어
흔적을 잃었던 / 내 저항의 무모함"을 깨달을 때 마침내 위안
은 오는 것이다.

　　어느 시점에 서니 방황과 방향은 하나가 되었다
　　한쪽은 다른 한쪽의 무릎이요 어깨였다
　　　　　　　　　　──「모든 모꼬지에서 떠나 있을 때」 부분

　　방향 없는 방황을 외려 방향과 하나가 되었다고 하는 것,
그것들이 "한쪽은 다른 한쪽의 무릎이요 어깨였다"고 말하는
것, 바로 그것이 노두식 시인 특유의 위안의 언어이다. 그것은
흔들림의 의미를 역전시켜 대긍정으로 이끌었던 사유이자 배
반에도 불구하고 합일의 꿈을 버릴 수 없는 자의 사유이다. 방
황과 방향이 하나라면 불일치 또한 얼마든지 합일의 다른 양
상일 수 있다.

"길의 끝은"

　　시간 여행자는 오늘도 걷는다. 마치 걷는 일이 자신의 본업
이라도 되는 듯 그는 걷고 또 걷는다. 그가 걷는 길의 끝에는

무엇이 있는지, 끝이 있기나 한 것인지 알 수 없다. 하지만 여행자는 걷고 또 걷는다. 어쩌면 걸음이 무한히 반복된다는 데 시간 여행자의 본성이 있다. 여기서도 시간의 넓이는 반복의 무한성에 연결되고, 깊이 또한 반복의 필연성에 접속한다. 시간 여행자에게 반복은 무한이기도 하며 때문에 필연적이기도 하다.

어둠에서 풀려난
강물의 흐름이 조금씩 빨라지고
교각에 걸린 표지등이 흐려지는 때

맨 흙길 위의 고요를 밟아 가면
어린 풀들은 납작한 잠에서 깨어나 웃고
질척한 발치에서는 봄 냄새가 피어난다

걸음에 여유를 부리며 비틀거리며
방패 같은 겉옷을 벗어 든다
의식 없이 지배되는 의식이 편안하다
마음의 집을 나서서 무심히 걸어도
길의 끝은 언제나 희망으로 올 것을 믿는 일

몸의 안팎을 연한 햇살에 적셔
살갗의 얇은 곳에 두루두루 하루의 새잎이 돋아나고
간지러움 속에 초록빛 긍정의 호기가 솟는
오늘은 아침이 석영 알처럼 반짝인다

　　　　　　　　　　　　　　　──「산책」 전문

　여기 "물수제비가 강물 위에서 스스로 미끄러지듯 비상하는 순간"(이시영)과 같은 시간 여행자의 합일의 순간이 있다. '석영 알처럼 반짝이는 아침 햇살에 적셔 '살갗의 얇은 곳'에 새잎이 돋아나는 순간이다. 그러한 아침은 역시 '긍정의 호기'가 솟는다. 그런 날이라면 걸어도 걸어도 고단하지 않을 것이며, "마음의 집을 나서서 무심히 걸어도 / 길의 끝은 언제나 희망으로 올 것"이다. 이런 순간들(!)을 위하여 시간 여행자는 걷고 또 걷는지 모른다.

　그것은 "이동은 한 장소에서 다른 장소로 건너가게 하는 것이 아니라 그 장소 내에서 위치를 바꾸는 것"이며, 이러한 "내재적인 위치 변화의 모범적인 예는 사랑의 둘 안에 있다."(『비미학』)는 바디우의 통찰을 연상케 한다. 일상 속에서 같은 시각 같은 장소를 거닒에도 다른 상념 다른 고뇌를 안고 걸을 수밖에 없지만, 언제나 '길의 끝'은 희망으로 올 것이라 믿는 일, 그것은 '방황과 방향이 하나라면 불일치 또한 얼마든지 합일의 다른 양상'일 수 있는 이치와 같다. 그것은 배반의 항상성에도 불구하고 영원히 꿈꾸는 존재인 인간의 숙명과도 같다.

그렇게 시간 여행자는 오늘도 "몸 안팎을 연한 햇살에 적셔" 걷고 또 걷는다. "살갗의 얇은 곳에 두루두루 하루의 새잎이 돋아나고 / 간지러움 속에 초록빛 긍정의 호기가 솟"아나도록 걷는다. 여행자는 이렇게 나날이 걸어서 희망의 미래로 나아간다.

그러나 "물이 되어도 흐르지 못하는 일들이 / 모질지 않기를 그토록 간구하였으나"(「쇠비름」), 불행하게도 아이들은 "처마 끝에 매달려 울고 있"(「고드름」)다. 시간 여행자는 다시 걸어야 한다. '길의 끝'까지 걸어서 다시 희망을 찾아야 한다.

초승달 신을 삼아 어스름을 걷는다
갈대숲에
보랏빛 강바람
우수수 한숨 지며 먼 산 돌아눕고
눈에 물안개 서려
네 모습 젖는구나
너를 찾아가는 길 보이지 않는 길
뜬 걸음만 총총

내 마음의 샛강
마른 이삭마다 맺혀 있는 이슬 같은 시간이
너의 목소리로 가사 없는 노래를 부른다

———「누이 생각」 부분

이런 노래, 이런 마음이 있어 시간 여행자의 걸음은 무한히 반복된다. 그러므로 '길의 끝'은 없다. '당분간'도 '흔들림'도 '그늘의 쓴맛'도 모두 겪은 여행자이지만, "윤기 나던 단발머리" 누이의 처음과 끝이 '한 뼘'에 불과하다면 노래를 부를 수밖에 없는 것이다. 그러므로 노래는 영원히 반복된다.

"낮게, 살아야 하는 것"

낮음. 우리에게 "가는 것은 항상 오는 것보다 낮은 자세다". 노두식 시인의 전언처럼 우리는 '낮게' 태어나 '더욱 낮은' 곳으로 가는 존재들인지 모른다. 그것은 '가을'이 "관목과 이끼 긴 바위 비스듬히 기우는 쪽으로" 스며드는 것과 같고, '빛의 타래'가 "쇠락하는 잎 끝에 머물다가 / 바닥으로 똑똑 방울져 떨어"지는 것과 같다. '젊음'도 '사랑'도 갈 때는 낮았다.

아직 오늘은 아니라고 한다

129

여름 몰래

관목과 이끼 낀 바위 비스듬히 기우는 쪽으로

가을이 스며들고 있다

시든 열기가 숲속을 배회하고

후회의 띠처럼 서늘하게 스쳐 가는 아쉬운 시간이 바쁘다

말간 빛의 타래가 쇠락하는 잎 끝에 머물다가

바닥으로 똑똑 방울져 떨어진다

여기 동작이 느려진 곁가지들의 춤이

가사를 잃은 노래에 얹혀 있던

계절의 마지막 온기를 끊어 내고 있다

가는 것은 항상 오는 것보다 낮은 자세다

젊음이 그러했고 사랑이 그러했다

일어선 것이 엎드린 것들을 지운다

배경을 흐리며 어제의 여름이 슬쩍 다가와 머물다가

해 짧은 오후의 그림자처럼 자취를 감춘다

초록은 그리운 것들 속에 깃들어 한동안은

오히려 짙어질 것이다

그래도 아직

오늘은 아니라고 오늘만큼은 아닐 거라고

여읜 들풀이

뒤를 돌아보고 또 돌아다본다

　　　　　　　——「가는 것은 낮은 자세로」 전문

이 작품에서 낮음은, '여름'이 "슬쩍 다가와 머물다가 / 해 짧은 오후의 그림자처럼 자취를 감"추는 것과 같은 어떤 수동 성(페이소스)을 함축한다. 가는 것, 지우는 것, 감추는 것들의 수동성. 시간과 함께 시간을 타고 흘러가는 것들의 수동성은 그러나 우리에겐 자연 법칙이다. 온 것은 가야 하고, 나타난 것 은 지워지며, 드러난 것은 감추어져야 한다.

그러나 '초록'이 "그리운 것들 속에 깃들어" 오히려 짙어지 듯, "오늘은 아니라고, 오늘만큼은 아닐 거라고 / 여읜 들풀이" 돌아보는 마음을 보는 이가 있다. '낮은 자세'로 모든 '가는 것' 들의 시간을 살피는 시선이 있다. 그러므로 "뒤를 돌아보고 또 돌아다"보는 마음은 우리에게 필연적인 수동성을 긍정하는 사 유다. 우리는 낮게 와서 더욱 낮게 떠나는 존재이다.

그럼에도 살아야 한다. 죽음을 위해서라도 꿋꿋하게 살아 야 한다. 우리는 죽은 자를 위한 삶이라도 되는 듯 '부음란'이 보여 주는 "죽은 이의 이름 뒤에서" 꿋꿋하게 '차례'를 기다려야 한다. 이렇게 '산 자를 위한 시간'을 사는 것이 마침내 죽음을

위한 것과 맞닿아 있다는 데 「아침신문을 읽다가」의 날카로운
통찰이 있다. 우리는 살아야 한다.

　　신문의 부음란에 눈이 간다
　　알 만한 이름이라도 있을까
　　신문지 한구석에
　　이름 석 자도 올리지 못하고 사라질
　　생애들을 떠올려 본다

　　낯선 이름에서 성에서
　　살아 있는 늙은 얼굴들이 보인다
　　산 사람은 살아야 하는 것

　　죽은 이의 이름 뒤에서
　　차례를 기다리는 이들이 깨어 있는
　　초록빛 유월의 아침

　　산 자를 위한 시간이다
　　　　　　　　　——「아침신문을 읽다가」 전문

　　삶과 죽음이 연결되고, 산 자와 죽은 자가 손을 맞잡는 '부

음란'은 공간이지만 또한 시간이다. 시간의 깊이를 깨우친 시간 여행자로서 노두식 시인의 사유는 이처럼 동시대의 모든 지평을 향해 넓고 깊게 펼쳐진다. 그는 부음란에서 "이름 석 자도 올리지 못하고 사라질" 산 자들의 '생애들'을 떠올리고, 죽은 자들의 "낯선 이름에서 성에서 / 살아 있는 늙은 얼굴들"을 본다.

"초록빛 유월의 아침"에 맞이하는 "산 자를 위한 시간"의 노래를 부르는 시인은 또한 말한다. "백지 같은 광야에 / 빛 한 점 보태기에도 아직 멀다"고, "고개를 더 숙이고 걷는다"고. 그런 그의 무한한 걷기를 "길게 따라오는 그림자가 보인다"(「시인의 말」)고. 그러므로 그를 따라 우리도 살아야 한다.

노두식 시인의 시 세계에 대하여 "시를 통해 존재의 의미와 가치를 고민하면서도 인간 회복에 이르는 아름답고 건강한 시 의식을 견지해 오고 있다."(김병호, 「실존의 감수성과 공명」)는 언급은 여전히 타당하다. 이번 시집 『가는 것은 낮은 자세로』가 보여 주는 대로 그가 여전히 시간의 깊이를 깨달은 시간 여행자로서 대긍정의 사유를 보여 주는 한 그에게서 '아름답고 건강한 시 의식'을 발견하는 것은 소당연所當然에 가깝다.

무한히 연장된 시간과 공간을 사유하기. 연결과 접속과 합일을 긍정하기. 그리하여 '시간의 만등萬燈'에 올라타 산 자들의 시공과 죽은 자들의 시공을 합치고 뭉치고 주무르고 휘젓기. 노두식 시인의 이번 시집은 이와 같이 아주 특별한 시간 여행의 기록이라고 할 수 있다. 그러하기에 우리는 시인의 다음 여행을 기대하며, 그가 새롭게 펼칠 또 다른 여행담을 기다리는 기쁨을 누려도 좋을 것이다.

가는 것은 낮은 자세로
노두식 시집

초판 1쇄 발행일 2021년 4월 5일

지은이·노두식
펴낸이·김종해
펴낸곳·문학세계사

주소·서울시 마포구 신수로 59-1(04087)
대표전화·02-702-1800
이메일·mail@msp21.co.kr
홈페이지·www.msp21.co.kr
페이스북·www.facebook.com/munsebooks
출판등록·제21-108호(1979.5.16)

값 10,000원
ISBN 978-89-7075-994-4　03810